國家圖書館出版品預行編目

小學生寓言故事：刺蝟的祕密.友伴關係篇 / 錢欣
葆著. -- 一版. -- 臺北市：秀威少年, 2020.08
面；　公分. -- (兒童寓言；11)
BOD版
注音版
ISBN 978-986-98148-6-7(平裝)

859.6　　　　　　　　　　　　　109008259

兒童寓言11　PG2458

刺蝟的祕密
小學生寓言故事 友伴關係篇

作者／錢欣葆
責任編輯／周政緯
圖文排版／周妤靜
封面設計／劉肇昇
內頁設計／MR.平交道
出版策劃／秀威少年
製作發行／秀威資訊科技股份有限公司
114 台北市內湖區瑞光路76巷65號1樓
電話：+886-2-2796-3638
傳真：+886-2-2796-1377
服務信箱：service@showwe.com.tw
http://www.showwe.com.tw

郵政劃撥／19563868
戶名：秀威資訊科技股份有限公司
展售門市／國家書店【松江門市】
104 台北市中山區松江路209號1樓
電話：+886-2-2518-0207
傳真：+886-2-2518-0778

網路訂購／秀威網路書店：https://store.showwe.tw
　　　　　國家網路書店：https://www.govbooks.com.tw
法律顧問／毛國樑　律師

總經銷／聯寶國際文化事業有限公司
221新北市汐止區康寧街169巷27號8樓
電話：+886-2-2695-4083
傳真：+886-2-2695-4087

出版日期／2020年8月　BOD一版　定價／260元
ISBN／978-986-98148-6-7

秀威少年
SHOWWE YOUNG

想（ㄒㄧㄤˇ）幹（ㄍㄢˋ）大（ㄉㄚˋ）事（ㄕˋ）的（ㄉㄜˊ）狗（ㄍㄡˇ）熊（ㄒㄩㄥˊ）

美麗的森林裡有一條清澈的小溪，小溪旁邊住著狗熊、小象跟梅花鹿，他們是鄰居也是好朋友，經常一起聊天一起玩耍。

　　有一天，狗熊、小象跟梅花鹿談論起自己的志向。

　　小象跟梅花鹿都說，自己年紀還小，只能先學會保護自己，做自己能力所及的事。

狗熊對小象和梅花鹿說：「我雖然還小，但是我決定要立大志、做大事。簡單的事情做起來沒有挑戰性，要做就要做大事。」

　　從那天起，狗熊就一直四處尋找做大事的機會。

有一天，狗熊發現木橋上有一塊木板已經爛了，過橋的人會有危險。他心裡想：「如果有誰不小心過橋掉入溪水時，我就可以把他救上岸。」所以狗熊便一直在木橋邊上等著，看誰會掉到小溪中。

　　此時他看到小象拿了木板和工具來到橋上，把爛掉的木板換了下來。

　　狗熊眼見當英雄的機會沒有了，只好失望的離開。

狗熊發現小花鹿獨自在森林裡採蘑菇好像迷路了，於是便遠遠的跟著她。

　　他心裡想：「如果有灰狼突然竄出來襲擊小鹿，我就可以衝出去救她。」

　　此時梅花鹿正好經過，看見小鹿迷路了，趕緊把她送回家。

　　狗熊眼見當英雄的機會又沒了，只好失望的離開。

有一天，狗熊見到狐狸在大樹下生火烤肉，旁邊都是枯枝乾草，相當危險。他心裡想：「如果不小心火燒到旁邊的枯草，引起大火，我就可以衝上去滅火，如此便可以成為救火英雄。」因此狗熊就一直遠遠的看著，等待做大事的機會到來。

　　突然一陣大風吹過，狐狸旁邊的枯草被燒著了，又很快的燒到了小樹枝，火勢突然蔓延開來。狐狸跟狗熊眼見一場可怕的森林火災就要發生，兩人嚇得拔腿就逃。

小象發現森林著火了，急忙在小溪中吸了水，衝進火場噴水滅火。經過十多次的來回吸水與噴灑，終於把火熄滅了。

　　動物們知道了事情的經過後，把狐狸跟狗熊找來狠狠的罵了一頓，狗熊也慚愧的向大家道歉。

　　因為小象的勇敢，免除了一場森林大火，大家推選小象為滅火英雄，獲得了最高的榮譽與稱讚。

智慧閃光

把簡單的事做好就是不簡單，把平凡的事做好就是不平凡。

兩ㄌㄧㄤˇ隻ㄓ長ㄔㄤˊ臂ㄅㄧˋ猿ㄩㄢˊ

森林裡有一條清澈的小溪， 小溪上有一座漂亮的小木橋， 橋的兩邊住著許多動物。

白眉長臂猿的家住在小木橋的左邊， 白掌長臂猿的家住在小木橋的右邊。 無論會不會游泳的動物， 大家都可以靠著木橋往來， 相當方便。

白眉長臂猿有很多朋友，金絲猴、小象、梅花鹿都常常來找他一起玩，他們也經常一起採摘野果等食物。

白掌長臂猿原來也有不少朋友，但後來卻漸漸沒有人願意找他一起玩耍。

白掌長臂猿感到相當的孤獨與寂寞，想不透為什麼大家都不想理他。

有一天，白掌長臂猿終於鼓起勇氣，走過小木橋，他想弄清楚為什麼所有朋友都不想理他。

　　白掌長臂猿看到金絲猴跟小象等其他朋友們，他急忙問道：「我與白眉長臂猿都是長臂猿，為什麼你們喜歡他卻討厭我？難道是因為你們只喜歡雪白的眉毛，卻討厭我白色的手掌？」

金絲猴搖搖頭說：「白色眉毛和白色手掌只是你們外貌上的特點，這與是否要跟你交朋友一點關係也沒有。」

　　小象跟梅花鹿也一起說：「我們並不是以貌取人來交朋友！」

白掌長臂猿愈聽愈迷糊，他疑惑的問：「既然跟長相沒有關係，你們為什麼只找白眉長臂猿玩，卻不願意再和我一起玩了呢？」

　　金絲猴說：「既然你誠心誠意的來問，我們就跟你實話實說。白眉長臂猿與我們一起採果的時候，總是發揮他長臂的優勢，努力幫大家多採了許多野果。分享野果的時候，他也總是讓朋友先拿，從不會會因為手臂長就拿得快、拿得多。」

梅花鹿接著說：「以前你跟我們一起採野果的時候，雖然你一樣有長臂的優勢，但卻總是不願意多出一份力。而分享野果的時候，手臂卻伸得特別長、特別快，每次也都吃得特別多，從不曾替朋友著想！」

小象最後告誡說：「如果交友缺乏誠意，自私自利，再不好好自省，誰還會願意跟你做朋友呢？」

聽完金絲猴、梅花鹿跟小象的一番話後，白掌長臂猿羞愧的低下頭。

智慧閃光

要讓自己真正成為別人的朋友，就需要站在朋友的立場替他著想。

小ㄒㄧㄠˇ公ㄍㄨㄥ雞ㄐㄧ晨ㄔㄣˊ啼ㄊㄧˊ

清晨，小公雞向著東方大聲啼叫：「咕、咕、咕──」

小公雞清脆響亮的啼叫聲在動物村上空迴盪，喚醒了沉睡中的動物們，大家開始了一天的忙碌生活。

小公雞覺得自己負責這麼重大的任務，一方面感到非常驕傲，另一方面也有很大的壓力，深怕自己做不好，會辜負大家的期待。

　　所以小公雞便到處去詢問森林裡的動物們，想聽聽大家對他晨啼的想法與意見。他希望多聽取大家的意見後，才能不斷改進，努力做到讓大家都滿意。

有一天，小公雞碰到樹懶，於是他便問樹懶關於他晨啼的意見。

　　樹懶伸了個懶腰，埋怨的對小公雞說：「你經常在太陽還沒有升起來時，就大聲啼叫，影響了我的睡眠！」

　　小公雞趕忙對樹懶說：「對不起，我會聽取你的意見，明天晚一點再晨啼。」

小工公雞又云去公問公了大松雞鼠ぐ，　松雞鼠ぐ擺家了大擺家大於尾於巴ぐ，　對於小工公雞雞說於：「你云啼立叫雞的大聲音太於大於了大，　經常常把於我於嚇了大一一大於跳立！　」

　　小工公雞雞對於松雞鼠說於：「對於不於起公，　對於不於起公，　我於會聽取你公的大意一見雞，　明天晨啼時戶會儘量小工聲一一點立。　」

金絲猴和狗熊見小公雞在徵求大家對晨啼的意見，一起走了過來。

　　金絲猴對小公雞說：「今天你啼叫的時間為什麼這麼晚，害我來不及起床，明天應該早一點。」

　　狗熊也說：「你的啼叫聲有氣無力的，我常常會聽不到，應該大聲一點才好啊！」

小公雞聽了大家的意見，不知道該怎麼辦。他垂頭喪氣回到家，把自己的苦惱告訴了雞媽媽。

　　雞媽媽語重心長的說：「虛心聽取意見是好的，但是要有自己的自信和主見，不然什麼事情都會做不好！」

智慧閃光

過於在意別人、迎合別人的意見，其實是不自信的表現。

小（ㄒㄠ）白（ㄅㄞ）兔（ㄊㄨ）的（ㄉㄜ）道（ㄉㄠ）歉（ㄑㄧㄢ）

早晨的太陽剛剛升起，空氣相當清新，住在森林裡的小動物們紛紛出來玩耍，到處都充滿著歡樂的聲音。

　　可愛的小白兔來到小溪邊，她看到小松鼠、小刺蝟跟金絲猴在一起玩捉迷藏，就蹦蹦跳跳的走了過去，也想加入一起玩。

大家十分喜歡小白兔，歡迎她一起來參加捉迷藏的遊戲。

　　於是便請她先把雙眼蒙起來，讓刺蝟、小松鼠跟金絲猴先去森林裡躲起來。

　　過了一會兒，小白兔睜開眼睛，開始去尋找他們。

小白兔找啊找，終於發現小松鼠藏在樹洞中。

　　小松鼠嗖的從樹洞中跳出來，毛茸茸的尾巴不小心掃到小白兔的眼睛。

　　小白兔生氣的說：「你怎麼這麼不小心，我的眼睛被你弄得痛到流淚。」

　　小松鼠道歉說：「對不起，都怪我不小心，請你原諒。」

小白兔又找啊找，終於發現刺蝟蜷縮著身子躲在草叢中。

刺蝟突然從草叢中滾出來，身上的刺差點兒戳到小白兔。

小白兔生氣的說：「你怎麼這麼冒失啊，你的刺差點兒戳在我身上。」

刺蝟急忙說：「對不起，都怪我不小心，請你原諒我。」

小白兔繼續找啊找，找了很多地方，卻一直找不到金絲猴。

躲藏的時間一到，藏在樹上的金絲猴突然對著小白兔大叫：「哇！我贏了，我在這裡呢！」。

小白兔被金絲猴嚇了一大跳，差點兒跌倒，她生氣的說：「嚇死我了！萬一你害我受傷怎麼辦？」

金絲猴向小白兔道歉：「對不起，都怪我太調皮了，請你原諒我。」

小白兔對著小松鼠、小刺蝟跟金絲猴，生氣的說：「你們都在戲弄我，不和你們玩了！」

小白兔回到家裡，把剛才發生的事告訴了白兔媽媽。

白兔媽媽說：「大家不但歡迎你的加入，也很開心的跟你一起玩耍。他們不是故意要傷害你或是害你跌倒，而且也已經為他們的行為向你道歉，你應該要原諒他們才是。好朋友們相處時，更應該要互相包容，並接受他人的道歉。」

小白兔聽了媽媽的話之後，誠心反省，覺得是自己的度量太小。於是趕緊跑去向小刺蝟、小松鼠跟金絲猴道歉。從此他們成了很好的朋友，一起玩得很開心。

智慧閃光

好朋友就是要互相學習彼此的優點、包容他人的缺點，並勇於改進自己的錯誤。

認ㄖㄣ真ㄓㄣ的ㄉㄜ花ㄏㄨㄚ狗ㄍㄡ

靠近河堤邊的動物村裡，住著十幾戶動物。因為連續下了三天三夜的大雨，河水猛漲，花狗和水牛平時最熱心，他們倆擔心河水潰堤，冒著大雨去檢查。

　　他們發現河堤上已經有多處的滲漏，十分著急。

　　於是水牛留在河堤上先進行搶修，由花狗回村子裡請大家一起去幫忙修補。

花狗心急如焚的飛奔回村子裡，對山羊說：「河堤出現滲漏，很可能會決堤。請你趕快前去搶修！」

　　山羊指著自己的房子，對花狗說：「我家房子的牆壁坍塌了，正忙著砌牆呢，你找別人去修吧！」

花狗急忙跑到小豬家，對小豬說：「河堤出現滲漏，很可能會決堤。請你趕快前去搶修！」

　　小豬指著自己的房子，對花狗說：「我家的房子漏水十分嚴重，我正忙著修理，你還是找別人去修吧！」

　　花狗又跑到驢子家，對驢子說：「河堤出現滲漏，很可能會決堤。請你趕快前去搶修！」

　　驢子指著自己的房子，對花狗說：「因為下大雨，我家的牆也坍了，屋頂又漏水，我一個人實在忙不過來，請你留下來幫助我吧！」

花狗問了好幾戶都沒有人願意去幫忙，只好拿著銅鑼，一邊敲一邊大喊：「河堤出現滲漏了，很快就會決堤，相當危險，請大家趕快去幫忙搶修！」

　　大家都因為豪雨躲在家中，或忙著自己的事，花狗喊到嗓子都啞了，也沒有人願意出來幫忙，所以他只好趕回河堤去幫水牛一起搶修。

因為雨水不斷，暴漲的河水實在是太猛烈，河堤滲漏的地方愈來愈多，漏水愈來愈厲害，光靠兩個人的力量根本無法阻擋。

　　突然，「嘩」的一聲，河堤潰決了，渾濁的河水像成千上萬匹脫韁的野馬向村莊飛奔。

山羊、小豬、驢子的房子都被奔湧而來的水流沖塌了，他們嚇得緊緊抱住大樹才不至於被沖走。

　　花狗看著他們，說：「如果當初大家都能夠齊心協力先去搶修河堤，就不會決堤，你們的房子也不會被沖毀啊！」

　　大家你看我，我看你，半天說不出話來，後悔也來不及了。

智慧閃光

不顧全大局，只考慮個人得失，結果往往連個人利益也會全部失去。

刺ㄘ蝟ㄨㄟ的ㄉㄜ祕ㄇㄧ密ㄇㄧ

北風呼呼的吹著，氣溫開始下降，眼看寒冷的冬天就要來臨了。

　　刺蝟在樹林附近找到一個可以藏身的洞穴，因為相當隱蔽，所以十分高興。於是他找了一些枯草要帶回去，鋪在洞穴中準備冬眠。

　　狗熊看到刺蝟叼著枯草，好奇的跟了過去，卻發現了刺蝟的洞穴。

狗熊說：「你選的這個洞穴十分隱蔽，躲在裡面冬眠，應該很安全。」

刺蝟說：「因為我身上有刺，平時遇到危險就蜷縮成刺球，就算是老虎我也不怕。但是冬眠的時候，我卻毫無防衛能力，就連老鼠也可以咬我。所以選擇隱蔽安全的地方來冬眠，是最重要的事。」

狗熊說：「是啊，我還沒有找到安全的地方呢，我得趕緊去找呢！」

狗熊離開時，刺蝟提醒他：「我冬眠的洞穴就只有你知道，這是個祕密喔！」

狗熊說：「你放心，我不會亂講的。」說完他就匆匆的離開了。

狗熊在小溪旁碰到灰兔，聽到灰兔也正在尋找冬眠的地方。

　　於是狗熊指著刺蝟冬眠的洞穴方向說：「刺蝟已經找到冬眠的地方，就在那邊的大樹後，地點相當隱密，真是個冬眠的好地方。我只偷偷告訴你一個人喔，這是我們之間的祕密，你可千萬不要告訴其他人！」

　　灰兔點點頭，表示自己絕對不會說出去。

灰兔來到松樹下，　看到松鼠也要開始進行冬眠的準備，　所以灰兔便指著刺蝟冬眠洞穴的地方說：「偷偷告訴你，　刺蝟準備冬眠的洞穴就在那邊的大樹後。　這是我們之間的祕密，　你絕對不能說出去喔！」

　　松鼠點點頭，　表示自己絕對不會說出去。

　　結果，　後來松鼠把刺蝟冬眠的地方告訴了梅花鹿，　之後梅花鹿又把這個祕密偷偷告訴了金絲猴。

有一天，金絲猴碰到了狗熊，金絲猴說要偷偷把刺蝟洞穴的祕密告訴狗熊，狗熊聽完之後嚇了一大跳！

　　狗熊驚訝的問：「這應該是只有我跟灰兔知道的事，你是怎麼知道的？」

　　原來是每個人都以為只將祕密告訴一個人，最後卻一傳十、十傳百的將祕密給傳開了。

狗熊驚覺因為自己的輕忽，洩露了夥伴的祕密，失去了自己的誠信，心裡相當後悔！萬一刺蝟冬眠的地方被狐狸和灰狼知道了，豈不是害慘了刺蝟。

　　於是狗熊趕緊找到刺蝟，把自己洩密的事情告訴了他，請他重新找尋新的洞穴準備冬眠，並向他慎重的道歉！

智ㄓˋ慧ㄏㄨㄟˋ閃ㄕㄢˇ光ㄍㄨㄤ

不ㄅㄨˋ可ㄎㄜˇ以ㄧˇ把ㄅㄚˇ朋ㄆㄥˊ友ㄧㄡˇ的ㄉㄜ˙祕ㄇㄧˋ密ㄇㄧˋ告ㄍㄠˋ訴ㄙㄨˋ別ㄅㄧㄝˊ人ㄖㄣˊ，

保ㄅㄠˇ守ㄕㄡˇ祕ㄇㄧˋ密ㄇㄧˋ是ㄕˋ對ㄉㄨㄟˋ朋ㄆㄥˊ友ㄧㄡˇ基ㄐㄧ本ㄅㄣˇ的ㄉㄜ˙尊ㄗㄨㄣ重ㄓㄨㄥˋ與ㄩˇ

誠ㄔㄥˊ信ㄒㄧㄣˋ。

吼ㄏㄡˇ猴ㄏㄡˊ的ㄉㄜ˙吼ㄏㄡˇ聲ㄕㄥ

森林中的小溪旁蓋了許多漂亮的小木屋，大家和諧相處，過著快樂的日子。

村子入口的立牌上寫著「團結動物村」五個大字，這是因為村子裡面住的動物們都很團結，遠近聞名。

有一隻流浪的吼猴來到這裡，也想在這裡安家落戶。

貓熊村長知道吼猴一直沒有同伴，過著四處漂泊的日子，十分同情他，於是便安排他住了下來。

第二天一大早，吼猴伸了一個懶腰「嗚嗚～～」的大吼，叫聲把還在睡夢中的村民們都吵醒了。所以狗熊、梅花鹿和老灰兔們幾位村民，都紛紛跑去向貓熊村長抱怨。

　　狗熊氣憤的說：「吼猴的聲音實在太大了，一大早就被他的吼叫聲給驚醒。如果讓他住在這裡，沒有人會受得了！」

　　梅花鹿帶著小鹿，對貓熊村長說：「我的孩子本來就膽小，剛才被吼猴發出的叫聲嚇得大哭，如果每天都這樣，我怎麼受得了！」

老灰兔按著胸口說：「剛才的吼聲彷彿地動山搖，我年紀大了，心臟實在受不了。吼猴不能住在這裡，讓他趕快離開吧。」

貓熊村長耐心聽完他們三個人的話以後，他說：「剛才我已經提醒吼猴，以後不要亂吼亂叫。他已經知錯，並且保證以後不會在村子裡面大叫。」

「因為吼猴不同於一般的猴子，叫聲特別響亮，希望大家能夠理解和包容。如果因為他的叫聲大就把吼猴趕走，這實在太不符合我們團結動物村的精神。」

狗熊、梅花鹿和老灰兔原本很氣憤，聽了貓熊村長的一席話後，覺得很有道理，也就不再計較。

　　某一天，白天下了一整天的傾盆大雨，晚上還持續下個不停，所以村民們都早早進入夢鄉。半夜，吼猴突然「嗚嗚～～」的大吼起來，把村民們都驚醒了。大家以為吼猴故態復萌，沒事亂叫，擾人安寧，便紛紛開始指責吼猴的不是。

吼猴不但沒有停止吼叫，叫聲卻愈來愈響，愈來愈急，愈來愈大……

村民們實在受不了，只好出門要去跟村長討個公道。

沒想到出門後才發現，原來是山洪暴發，暴漲的溪水正向團結動物村滾滾而來！於是村長便趕快帶著大家逃到山坡上，躲避洪水。

大家看著被洪水淹沒的村子，雖然心裡相當難過，值得慶幸的是，村民們一切安好。

　　熊貓村長對著大家說：「要不是吼猴發現情況危急，並且及時用吼聲喚醒大家，可能有不少村民會被洪水沖走。這次是吼猴的吼聲發揮了最大的功能，救了大家，實在是太感謝他了！」

智慧閃光

寬容別人其實就是寬容自己，多一點對別人的寬容，我們生命中就多一點空間。

愛ㄞˋ挑ㄊㄠ剔ㄊ一的ㄉㄜ小ㄒㄠˇ灰ㄏㄨㄟ兔ㄊㄨˋ

灰兔媽媽見小灰兔老是待在家裡很無聊，就勸他說：「你不要天天待在家裡，你應該要出門跟朋友交往，常常跟朋友們一起玩，日子才會開開心心。」

　　小灰兔雖然心裡不願意，但是在灰兔媽媽一再的勸說下，只好心不甘情不願的走出家門。

小Tㄠ灰ㄏㄨㄟ兔ㄊㄨ半ㄅㄢ路ㄌㄨ碰ㄆㄥ到ㄉㄠ小Tㄠ刺ㄘ蝟ㄨㄟ，小Tㄠ刺ㄘ蝟ㄨㄟ熱ㄖㄜ情ㄑㄧㄥ的ㄉㄜ說ㄕㄨㄛ：「灰ㄏㄨㄟ兔ㄊㄨ你ㄋㄧ好ㄏㄠ，我ㄨㄛ們ㄇㄣ交ㄐㄧㄠ個ㄍㄜ朋ㄆㄥ友ㄧㄡ，一ㄧ起ㄑㄧ玩ㄨㄢ捉ㄓㄨㄛ迷ㄇㄧ藏ㄘㄤ好ㄏㄠ嗎ㄇㄚ？」

　　小Tㄠ灰ㄏㄨㄟ兔ㄊㄨ瞧ㄑㄧㄠ了ㄌㄜ一ㄧ眼ㄧㄢ小Tㄠ刺ㄘ蝟ㄨㄟ身ㄕㄣ上ㄕㄤ的ㄉㄜ尖ㄐㄧㄢ刺ㄘ，他ㄊㄚ說ㄕㄨㄛ：「你ㄋㄧ身ㄕㄣ上ㄕㄤ長ㄓㄤ了ㄌㄜ這ㄓㄜ麼ㄇㄜ多ㄉㄨㄛ的ㄉㄜ刺ㄘ，實ㄕ在ㄗㄞ太ㄊㄞ難ㄋㄢ看ㄎㄢ了ㄌㄜ，不ㄅㄨ像Tㄤ我ㄨㄛ的ㄉㄜ毛ㄇㄠ這ㄓㄜ麼ㄇㄜ柔ㄖㄡ順ㄕㄨㄣ美ㄇㄟ麗ㄌㄧ。萬ㄨㄢ一ㄧ那ㄋㄚ些Tㄧㄝ尖ㄐㄧㄢ刺ㄘ不ㄅㄨ小Tㄠ心Tㄣ刺ㄘ到ㄉㄠ我ㄨㄛ，害ㄏㄞ我ㄨㄛ受ㄕㄡ傷ㄕㄤ，可ㄎㄜ就ㄐㄧㄡ不ㄅㄨ好ㄏㄠ了ㄌㄜ！」小Tㄠ灰ㄏㄨㄟ兔ㄊㄨ說ㄕㄨㄛ完ㄨㄢ，頭ㄊㄡ也ㄧㄝ不ㄅㄨ回ㄏㄨㄟ的ㄉㄜ離ㄌㄧ開ㄎㄞ了ㄌㄜ。

小灰兔離開刺蝟後，在松樹林裡碰到小松鼠，小松鼠說：「灰兔你好，我們交個朋友，一起來跳舞好嗎？」

　　小灰兔指著小松鼠毛茸茸的大尾巴說：「你的尾巴長這麼大，實在太難看了，不像我的小巧可愛。萬一不小心掃到我的眼睛，害我受傷，可就不好了！」小灰兔說完，就匆匆的離開了。

小灰兔在小溪邊碰到剛喝完水的小象。小象看見小灰兔走來，高高興興的走上前去，他說：「小灰兔你好，我們交個朋友，一起來唱歌好嗎？」

　　小灰兔指著小象的鼻子說：「你的鼻子這麼長，實在太難看了。萬一不小心甩到我身上，害我受傷，可就不好了！」小灰兔說完，沒好氣的離開了。

　　小灰兔在森林裡繞了一整圈，卻什麼朋友也沒交到。天都快黑了，只好悻悻的回家去。

回家後小灰兔對媽媽說：「刺蝟、松鼠和小象雖然都主動找我玩，但是我都不喜歡他們。小刺蝟身上長了很多刺，相當危險，小松鼠則長了難看的大尾巴，至於小象的鼻子實在太長了，我怕他們身上這些危險又難看的東西會讓我受傷！」

　　灰兔媽媽說：「你說的那些難看的東西，其實都是他們身上天生的寶貝，跟你的短尾巴是一樣的，都有特定的功用，你應該讚美才對。」

灰兔媽媽接著說：「刺蝟的尖刺可以保護自己，防止敵人的攻擊，不讓自己受到傷害。松鼠的大尾巴像一張降落傘，可以用來保持身體的平衡，落到地上時，大尾巴蓬蓬鬆鬆、又厚又軟，不怕受傷。至於大象的長鼻，除了喝水以外，還可以聞到幾百公尺以外的氣味。」

　　灰兔媽媽抱著小灰兔說：「我希望你能記得，朋友之間相處時應該要尋找彼此的優點，並且互相理解與包容。如果一直歧視與挑剔他人，是永遠無法交到朋友的！」

智慧閃光

朋友相處應該要發掘大家的長處，如果只是吹毛求疵、愛挑剔，是無法交到朋友的。

小刺蝟的抱怨

小刺蝟終於學會了把身體蜷縮成刺球，並且在地上連續打滾的本領，因此心裡十分高興，想要到處展示給別人看。

　　小刺蝟看見金絲猴媽媽掛在樹上，正在教小猴們如何在樹林間擺盪，於是便將身體蜷成刺球，滾到小猴們的身邊，把小猴們嚇得吱吱叫。

　　小刺蝟站起來說：「擺盪的功夫算不了什麼，我蜷成刺球翻滾才厲害，連老虎見了也會害怕！」

　　金絲猴媽媽生氣的說：「我在教小猴們謀生的技能，請你不要來搗亂！」

小刺蝟見小猴們也都紛紛指責自己，便悻悻的離開。

　　小刺蝟見灰兔媽媽帶著三個孩子在採蘑菇，便將身體蜷成刺球，在蘑菇上滾來滾去，想引起大家的注意。

　　小刺蝟對灰兔媽媽說：「你們採蘑菇的速度實在太慢了，我只要滾幾下蘑菇就全都扎在刺上了！」

　　灰兔媽媽生氣的說：「我們正在採蘑菇，你的刺把好好的蘑菇都刺爛了！」

　　小刺蝟見小灰兔們也都紛紛責怪自己，便悻悻的走了。

小刺蝟見孔雀哥哥正在小溪邊表演開屏，便將身體蜷成刺球，滾到孔雀身邊，把他嚇到驚慌失措。

　　小刺蝟對孔雀說：「你的羽毛雖然色彩繽紛，但是中看不中用。我身上的刺可以對付老虎，我的本領天下無敵！」

　　孔雀怒氣沖沖的說：「我正在為大夥表演開屏，你為什麼來胡鬧破壞？」

　　正在觀看開屏的動物們也都十分憤怒，要小刺蝟馬上離開。

小刺蝟垂頭喪氣回到家，把剛才發生的事告訴了媽媽，他抱怨的說：「我只是想在鄰居朋友面前表演一下自己的本領，但都被無情的趕走。他們為什麼一點都不尊重我呢？」

　　刺蝟媽媽說：「你不分場合，不顧夥伴的感受，只想炫耀自己的本領。你不尊重他們在先，他們怎麼會尊重你呢？不要再抱怨了，你應該要多多反省自己。」

智ㄓˋ慧ㄏㄨㄟˋ閃ㄕㄢˇ光ㄍㄨㄤ

想ㄒㄧㄤˇ要ㄧㄠˋ獲ㄏㄨㄛˋ得ㄉㄜˊ別ㄅㄧㄝˊ人ㄖㄣˊ的ㄉㄜ˙尊ㄗㄨㄣ重ㄓㄨㄥˋ，首ㄕㄡˇ先ㄒㄧㄢ要ㄧㄠˋ學ㄒㄩㄝˊ會ㄏㄨㄟˋ尊ㄗㄨㄣ重ㄓㄨㄥˋ別ㄅㄧㄝˊ人ㄖㄣˊ。

魯莽的小象

美麗的森林裡，有一隻熱心的小象，誰有困難他都很樂意幫助。

　　小象覺得：「只要自己多做好事，大家一定會誇讚我是樂於助人的好孩子！」

小象在小溪邊喝水，突然發現金絲猴家的窗戶中冒出濃煙。他想，一定是失火了，急忙用長鼻子吸了很多水，飛奔到房子前，對準冒煙的窗戶，向裡面噴了許多水。

　　被水噴得渾身溼漉漉的金絲猴從窗口探出頭來，對小象說：「你無緣無故為什麼向我房子裡噴水啊？」

　　小象說：「你家裡冒煙，一定是發生火災，我來噴水滅火呀！」

金絲猴說：「只是家裡蚊子多，我正在用熏蚊草把蚊子驅出房間。現在家裡到處都被噴溼了，你說怎麼辦才好？」

　　小象自言自語的說：「實在是因為看到許多濃煙，我誤以為發生火災，實在是對不起啊！」

　　金絲猴一邊用拖把清理地板上的水，一邊對窗子外的小象說：「感謝你的好意，但是下次請務必先弄清楚狀況！」

突然，金絲猴發現屋角裡竄出一隻老鼠，他急忙用拖把追趕老鼠。

老鼠見無處躲藏，縱身一躍跳上了窗臺，想要逃跑。

小象看見了，急忙用長鼻子向老鼠猛甩過去。但象鼻子不但沒有打到老鼠，卻打在窗戶上，「哐噹」一聲窗戶的玻璃都被打碎了。

小象見老鼠躲進了屋前的花園中，急忙追了過去。狡猾的老鼠，一會兒跑到牡丹花叢中，一會兒又躲到月季花叢裡。

　　小象東奔西跑，一會兒用鼻子打、一會兒用腳踩，在花園中忙了半天，還是抓不到老鼠，卻把自己累得氣喘吁吁。

金絲猴看到被小象踩踏得亂七八糟的花園，心疼得不得了，生氣的對小象說：「你熱心幫忙當然很好，但是如果行事魯莽，非但做不好事情，只會愈幫愈忙啊！」

智慧閃光

不加思考魯莽行事，可能反而誤事，凡事務必三思而後行。

刺蝟的祕密

·錢欣葆 著·

目次
Contents

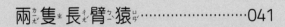

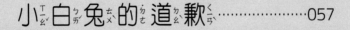